HÉSIODE ÉDITIONS

ARTHUR CONAN DOYLE

Les Danseurs

Hésiode éditions

© Hésiode éditions.

1 rue Honoré - 93500 Pantin.
ISBN 978-2-38512-168-6
Dépôt légal : Janvier 2023

Impression Books on Demand GmbH

In de Tarpen 42
22848 Norderstedt, Allemagne

Les Danseurs

Holmes était assis depuis plusieurs heures silencieusement ; son dos long et mince était courbé sur un bocal de chimie, dans lequel il mélangeait des produits d'une odeur nauséabonde toute particulière. Sa tête était penchée sur sa poitrine et il représentait, à mes yeux, l'image d'un grand oiseau maigre au plumage gris, à la houppe noire.

– Ainsi, Watson, dit-il tout à coup, vous n'avez pas l'intention de faire des placements en valeurs sud-africaines ?

Je fis un mouvement d'étonnement. Quelque habitué que je fusse aux facultés de pénétration de Holmes, cette incursion soudaine dans le domaine de mes plus secrètes pensées me parut absolument inexplicable.

– Comment avez-vous pu savoir cela ? demandai-je.

Il se retourna sur son tabouret, tout en tenant dans sa main son tube d'expérience fumant, et une lueur d'amusement s'alluma dans ses yeux caves.

– Vous ne nierez pas, maintenant, Watson, que vous êtes fort étonné ?

– C'est vrai.

– Je devrais vous en faire signer l'aveu écrit.

– Pourquoi ?

– Parce que, dans cinq minutes, vous déclarerez que c'était d'une simplicité inouïe.

– Certainement, je ne dirai rien de tel !

– Vous allez voir, mon cher Watson.

Et il posa son tube d'expérience dans son égouttoir, et commença son discours de l'air d'un professeur s'adressant à ses élèves.

– Il n'est vraiment pas difficile d'établir une série de déductions, s'appuyant les unes sur les autres, chacune d'elles étant très simple. Si, en agissant ainsi, on supprime les déductions intermédiaires et qu'on présente uniquement à son auditoire le point de départ et la conclusion, on produit un effet surprenant, bien qu'il puisse parfois être faux. Et, maintenant, il n'aura pas été réellement difficile en examinant l'intervalle qui sépare votre pouce et votre index, d'arriver à la certitude que vous n'avez pas l'intention de risquer votre petit capital dans les mines d'or.

– Je ne vois pas le rapport.

– C'est très possible, et pourtant je vous le ferai bien vite saisir. Voici les anneaux qui manquent à cette chaîne si simple : 1o vous aviez, à votre retour du cercle hier au soir, de la craie entre l'index et le pouce de votre main gauche ; 2o c'est à cet endroit qu'on met de la craie pour faire glisser la queue de billard ; 3o vous ne jouez jamais au billard qu'avec Thurston ; 4o vous m'avez dit, il y a un mois, que Thurston avait une prime sur des propriétés de l'Afrique du Sud, et que le délai pour la réponse expirant dans un mois, il vous avait demandé de partager avec lui ; 5o votre carnet de chèques est renfermé dans mon tiroir dont vous ne m'avez pas demandé la clef ; 6o vous n'avez donc pas l'intention de risquer votre argent dans ces conditions.

– Que c'est donc simple ! m'écriai-je.

– Tout à fait ! dit-il d'un ton quelque peu froissé. Tout problème paraît très simple une fois expliqué. En voici un qui ne l'est pas : voyez ce que vous en tirerez, ami Watson.

Et lançant sur la table une feuille de papier, il se remit à ses analyses chimiques.

Je regardai avec étonnement des hiéroglyphes ne présentant aucun sens.

– Mais, Holmes, c'est un dessin d'enfant, m'écriai-je.

– C'est là votre idée ?

– Quelle autre chose cela pourrait-il être ?

– Voilà ce que voudrait bien connaître M. Hilton Cubitt, de Riding Thorpe Manor (Norfolk). Cette petite énigme m'est parvenue par le premier courrier, et lui-même va m'arriver par le premier train. Voilà un coup de sonnette, Watson, je serais très étonné si ce n'était pas lui.

Un pas lourd se fit entendre sur l'escalier et, un instant plus tard, un grand monsieur au visage rouge et imberbe fit son apparition. Ses yeux clairs, ses joues colorées démontraient que sa vie s'était passée loin des brouillards de Baker Street ; il semblait apporter avec lui les effluves de la brise marine si forte, si fraîche, si vivifiante. Après nous avoir donné à chacun une poignée de main, il allait s'asseoir quand son regard tomba sur la feuille de papier aux signes bizarres que je venais d'examiner et que j'avais laissée sur la table.

– Eh bien, monsieur Holmes, qu'est-ce que vous avez pu en tirer ? s'écria-t-il. On m'a affirmé que vous aimiez les affaires mystérieuses ; je ne crois pas que vous puissiez en trouver une plus étrange que celle-ci. J'ai envoyé le papier à l'avance, afin que vous ayez le temps de l'étudier avant mon arrivée.

– C'est certainement un objet plutôt curieux, dit Holmes. Au premier aspect, on dirait le dessin d'un enfant. Il y a là un certain nombre de personnages bizarres dansant sur le papier où ils sont dessinés. Pourquoi accorderiez-vous de l'importance à une chose si grotesque ?

– Je n'y attacherais aucune importance, mais c'est ma femme qui s'en préoccupe. Elle en est effrayée à en mourir, elle ne dit rien, mais je lis la terreur dans ses yeux. Voilà pourquoi je veux aller au fond des choses.

Holmes leva la feuille pour la mettre en pleine lumière. C'était une page enlevée à un carnet. Les signes étaient faits au crayon comme suit :

....

Holmes l'examina pendant quelque temps avec soin et la plaça dans son portefeuille.

– Cela promet d'être une affaire très intéressante et peu ordinaire, dit-il. Vous m'avez donné quelques détails dans votre lettre, monsieur Hilton Cubitt, mais je vous serai très obligé de les répéter à mon ami le Dr Watson.

– Je ne suis pas un narrateur, dit notre visiteur en serrant et desserrant nerveusement ses mains puissantes ; vous me ferez compléter ce qui ne vous paraîtra pas clair. Je commencerai mon récit au moment de mon mariage l'année dernière ; mais je dois vous dire tout d'abord que, si je ne suis pas riche, ma famille habite Riding Thorpe depuis quelque chose comme cinq siècles, et aucune n'est mieux considérée dans le comté de Norfolk. L'année dernière, venu à Londres pour le jubilé, j'étais descendu dans une pension de famille à Russel Square, que Parker, le pasteur de notre paroisse, avait également choisie. J'y rencontrai une jeune fille américaine ; elle s'appelait Patrick – Elsie Patrick. – Nous ne tardâmes pas à devenir bons amis, et avant la fin du mois, j'étais aussi épris d'elle qu'un homme peut l'être. Nous nous mariâmes tranquillement chez un « registrar » et nous rentrâmes ensuite à Norfolk. Vous pensez peut-être, monsieur Holmes, qu'un homme appartenant à une bonne et ancienne famille est fou de se marier de cette façon, sans connaître le passé de sa femme ou de sa famille ; mais, si vous l'aviez vue et connue, cela vous eût aidé à comprendre.

Elsie fut très franche, et je ne puis dire qu'elle ne m'ait pas laissé libre de me retirer, si je le voulais. « J'ai été mêlée, me dit-elle, à une société qui m'a été très pénible dans ma vie, je désire l'oublier. Je voudrais bien n'avoir jamais à revenir sur un passé très douloureux pour moi. Si vous m'acceptez, Hilton, vous pouvez être sûr que votre femme n'a personnellement à rougir de rien, mais vous devrez vous contenter de sa parole et lui permettre de garder le silence sur tout ce qui s'est passé avant qu'elle vous appartienne. Si ces conditions sont trop dures, alors retournez dans le Norfolk et abandonnez-moi à la vie triste dans laquelle vous m'avez trouvée. » Ce fut seulement la veille de notre mariage qu'elle me tint cette conversation. Je lui répondis que j'acceptais ces conditions et j'ai toujours tenu parole.

Nous voilà mariés depuis un an, et nous avons été très heureux. Il y a un mois, à la fin de juin, je vis pour la première fois des signes d'orage. Un jour, ma femme reçut une lettre d'Amérique, dont je remarquai le timbre d'origine. Elle devint pâle, la lut et la jeta au feu. Elle n'y fit depuis aucune allusion et moi pas davantage, car une promesse est une promesse. Depuis lors, elle n'a pas eu une heure de tranquillité. Son visage exprime toujours la frayeur, on dirait qu'elle craint l'avenir. Elle ferait mieux de se fier à moi, car elle verrait que je suis son meilleur ami ; mais jusqu'à ce qu'elle parle, je ne peux rien dire. C'est, croyez-le, monsieur Holmes, une femme absolument franche, et, quels qu'aient pu être les chagrins de sa vie passée, elle n'a aucune faute à se reprocher. Je suis, de mon côté, un simple gentilhomme du Norfolk, mais il n'y a pas en Angleterre un homme qui place plus haut que moi l'honneur de sa famille. Elle le sait et le savait bien avant de m'épouser. Elle n'y fera jamais une tache, j'en suis sûr !

J'arrive maintenant aux détails bizarres de mon histoire. Il y a environ une semaine – c'était mardi dernier – j'ai trouvé dessinés à la craie, sur le rebord d'une fenêtre, un grand nombre de bonshommes dansant, semblables à ceux qui sont sur ce papier. Je supposai qu'ils étaient l'œuvre du garçon d'écurie, mais il jura n'y être pour rien. Ils avaient été tracés pendant la nuit. Je les fis effacer et ce fut après cette opération seulement que j'en parlai à ma femme. À ma grande surprise, elle prit la chose très sérieusement et me supplia, si on en trouvait d'autres, de les lui laisser voir. Rien ne se passa pendant une semaine ; hier matin, je trouvai cette feuille dans le jardin, sur le cadran solaire. Je la montrai à Elsie qui s'est aussitôt évanouie. Depuis ce moment, elle a le regard d'une personne qui vit dans un rêve, à moitié inconsciente, les yeux fixes de terreur. C'est alors que je vous ai écrit et envoyé ce papier, monsieur Holmes. Je ne pouvais l'apporter à la police, qui n'eût pas manqué de me rire au nez. Vous, vous me direz ce que je dois faire ; je ne suis pas riche, mais, si quelque danger menace ma chère femme, je dépenserai jusqu'à mon dernier sou pour la protéger.

C'était une belle âme que cet homme de la vieille Angleterre, simple, franc et doux avec de grands yeux bleus, une figure large et bienveillante. Son amour pour sa femme, sa confiance en elle, brillaient sur ses traits. Holmes avait écouté son histoire avec la plus grande attention, et il resta un moment perdu dans ses réflexions.

– Ne trouvez-vous pas, monsieur Cubitt, dit-il enfin, que le meilleur plan serait de vous adresser directement à votre femme et de lui demander de partager son secret avec vous ?

Hilton Cubitt secoua sa grosse tête.

– Une promesse est une promesse, monsieur Holmes. Si Elsie avait cru devoir me le dire, elle l'eût fait ; ce n'est pas à moi de forcer sa confiance. Mais j'ai le droit de prendre mes précautions – et je le ferai.

— Et je vous y aiderai de tout mon cœur. Voyons d'abord ; a-t-on vu des étrangers dans le voisinage ?

— Non.

— Je suppose que la localité est très tranquille et que toute nouvelle figure y serait remarquée ?

— Dans le voisinage immédiat, oui, mais nous avons dans les environs plusieurs petites plages, et les fermiers y louent des chambres.

— Évidemment ces hiéroglyphes ont une signification. Si ce sont seulement des figures imaginaires, il nous sera impossible de les déchiffrer ; si, au contraire, elles reposent sur un système, je ne doute pas que nous en trouvions le sens. Mais ce dessin est si court, que je ne peux rien, et les faits que vous m'avez rapportés sont si indéfinis que je ne vois pas de base utile pour des investigations. J'estime donc que vous devez retourner à Norfolk, organiser une sérieuse surveillance et prendre un fac-similé de tout dessin qui viendrait à se produire. C'est bien dommage que vous n'ayez pas une reproduction de ceux qui ont été dessinés à la craie sur le rebord de la fenêtre. Faites une enquête discrète sur le point de savoir s'il y a des étrangers dans le voisinage, et, quand vous aurez trouvé un nouvel indice, revenez me trouver. Voilà le meilleur conseil que je puisse vous donner, monsieur Hilton Cubitt. Si vous faites une découverte urgente, je serai toujours prêt à aller vous trouver à Norfolk.

Cette entrevue laissa Sherlock Holmes tout rêveur et, plusieurs fois dans les quelques jours qui suivirent, je le vis extraire de son porte-feuille le document et étudier longuement et avec soin les figures bizarres qui y étaient inscrites. Il ne me fit cependant allusion à l'affaire que quinze jours plus tard. C'était l'après-midi ; j'allais sortir, quand il me rappela.

— Vous ferez mieux de rester, Watson.

– Pourquoi ?

– Parce que j'ai reçu ce matin un télégramme d'Hilton Cubitt – vous vous rappelez Hilton Cubitt et les bonshommes qui dansent ? Il va arriver à une heure vingt à Liverpool Street, et il sera ici dans un moment. D'après sa dépêche, il doit s'être produit des incidents d'une grosse importance.

Nous n'eûmes pas longtemps à attendre. Notre gentilhomme de Norfolk nous arriva de la gare aussi vite que le cab put le conduire. Il paraissait triste, découragé, les yeux fatigués, le front soucieux.

– Cette affaire me prend sur les nerfs, monsieur Holmes, dit-il en se laissant tomber dans un fauteuil comme un homme à bout de forces. Ce n'est pas agréable de se sentir entouré d'êtres inconnus et invisibles qui ont de mauvais desseins ; quand vous voyez, en outre, que tout cela tue votre femme à petit feu, alors c'est plus qu'on ne peut supporter. Elle s'use, ma femme, et fond devant mes yeux.

– Elle ne vous a encore rien dit ?

– Non, monsieur Holmes, elle ne m'a rien dit, et pourtant, à certains moments, la pauvre enfant avait bien envie de parler, mais elle n'a pas eu le courage de faire le saut. J'ai essayé de l'aider, sans doute j'ai été maladroit et je l'ai effrayée. Elle m'a parlé de l'ancienneté de ma famille, de notre réputation dans le comté, de l'orgueil que nous avions de notre honneur sans tache… je croyais toujours qu'elle allait aboutir, mais jamais nous n'avons pu aller plus loin.

– Vous avez trouvé quelque chose par vous-même ?

– Oui, et beaucoup, monsieur Holmes ! J'ai plusieurs dessins de bonshommes à soumettra à votre examen, et, ce qui est plus important, j'ai vu le personnage.

– Quoi ! celui qui les a dessinés ?

– Oui, je l'ai vu au travail… mais il faut que je vous raconte le tout avec méthode. Lorsque je suis rentré après la visite que je vous avais faite, la première chose que je vis, le lendemain, fut un nouveau groupe de bons-hommes dessinés à la craie sur la porte en bois noir de la cabane à outils, qui se trouve à côté de la pelouse, juste en face de nos fenêtres. J'en ai pris une copie exacte que voici.

....

Et il déplia un papier qu'il posa sur la table. Voici une reproduction de ces hiéroglyphes :

– Parfait ! dit Holmes. Continuez, je vous en prie.

– Après en avoir pris copie, je les effaçai, mais, deux matins après, une nouvelle inscription apparut. En voici le fac-similé :

....

Holmes se frotta les mains et se mit à rire tout joyeux.

– Nos matériaux s'accumulent rapidement, dit-il.

– Trois jours plus tard un nouveau message était placé sous une pierre sur le cadran solaire. Le voici : les caractères sont, comme vous le voyez, exactement pareils au dernier. Après cela, je résolus de faire le guet, je pris mon revolver et m'installai dans mon cabinet d'où l'on voit la pelouse et le jardin. Vers deux heures du matin, j'étais assis dans l'obscurité près de la fenêtre, tandis que le clair de lune brillait au dehors, lorsque j'entendis des pas derrière moi ; j'aperçus ma femme en robe de chambre ; elle me supplia d'aller me mettre au lit. Je lui dis franchement que je désirais savoir qui nous jouait de pareils tours. Elle me répondit que c'était là une plaisanterie sans importance, dont je ne devais pas m'inquiéter.

– Si réellement tout cela vous ennuie, Hilton, nous pourrions voyager, vous et moi, et éviter ainsi tout désagrément.

– Comment ! nous laisser chasser de notre maison par quelque mauvais plaisant, lui dis-je ? Tout le pays rirait à nos dépens !

– Eh bien, allez au lit, dit-elle, nous en reparlerons demain matin.

Tout à coup, comme elle s'éloignait, je vis à la lueur de la lune, pâlir son visage et sa main se serra sur mon épaule. Quelque chose remuait dans l'ombre, près de la cabane à outils. J'aperçus une forme sombre qui se traîna dans le coin et s'assit devant la porte de cette cabane. Saisissant mon revolver, j'allais m'élancer au dehors, quand ma femme jeta ses bras autour de moi et me retint avec des efforts convulsifs. J'essayai de la repousser, mais elle s'attacha à moi désespérément. Enfin je fus libre, mais quand j'ouvris la porte, et que j'eus atteint la cabane, l'homme avait disparu ! Il avait cependant laissé une trace de sa présence, car sur cette porte se trouvait encore une série de danseurs semblable à celle qui avait déjà paru deux fois ; je les ai reproduits sur ce papier. J'ai parcouru toute la propriété sans trouver d'autres traces de l'individu ; ce qu'il y a de plus étonnant, c'est que, malgré tout, il a dû rester, car le lendemain matin, lorsque j'examinai la même porte, j'y trouvai une nouvelle ligne de bonshommes sous la précédente.

– Avez-vous aussi ce nouveau dessin ?

– Oui ; il est très court, mais j'en ai pris une copie que voici.

De nouveau, il retira un papier. La nouvelle danse avait cette forme :

....

– Dites-moi, dit Holmes, – et je vis à sa figure combien il s'intéressait à l'affaire – était-ce une simple addition à la première inscription, ou en était-elle entièrement distincte ?

– C'était écrit sur un autre panneau de la porte.

– Parfait ! Ceci est de beaucoup le plus important ; c'est ce renseignement qui nous servira le plus, il me remplit d'espoir. Et maintenant, monsieur Hilton Cubitt, continuez votre déclaration si intéressante.

– Je n'ai rien de plus à vous dire, monsieur Holmes, excepté que j'ai été très contrarié que ma femme m'ait retenu cette nuit-là, alors qu'il m'était si facile de saisir ce gredin. Elle me dit craindre qu'il m'arrivât malheur, et le soupçon m'a traversé l'esprit qu'elle craignait plutôt ce malheur pour lui, car il m'était impossible de ne pas croire qu'elle connût cet homme et comprît ses étranges signaux. Mais il y avait dans sa voix de tels accents, et dans son regard une expression telle, monsieur Holmes, que le doute n'était pas permis et que, je le sentis, c'était bien pour moi qu'elle craignait. Voilà tout ; maintenant je désire connaître votre avis sur ce que je dois faire. Mon intention est de poster, dans la propriété, une douzaine de mes domestiques de ferme qui donneront au gredin une telle raclée quand il reviendra, qu'il nous laissera tranquille à l'avenir.

– Je pense que le remède est trop simple pour une affaire aussi grave ! dit Holmes. Combien de temps pouvez-vous rester à Londres ?

– Il faut que je rentre ce soir. Je ne voudrais pas laisser ma femme seule pendant la nuit : elle est très nerveuse et m'a prié de revenir.

– Vous avez peut-être raison, mais si vous aviez pu rester, j'aurais sans doute pu partir avec vous dans un jour ou deux. En attendant, veuillez me laisser ces papiers et j'espère que, d'ici peu, je pourrai vous faire une visite et éclaircir votre affaire.

Sherlock Holmes conserva ses manières empreintes du calme professionnel jusqu'au départ de notre visiteur, bien qu'il fût facile de voir, pour moi qui le connaissais si bien, que son intérêt était excité au plus haut degré. Le large dos de Hilton Cubitt avait à peine disparu de la porte que mon ami se précipita vers la table, y étala les papiers sur lesquels étaient dessinés les petits personnages et se plongea dans des calculs inextricables. Je le contemplai pendant deux heures, couvrant de chiffres et de lettres des feuilles blanches ; il était si absorbé dans son travail qu'il avait évidemment oublié ma présence. Parfois, quand il était sur la bonne voie, il se mettait à siffler et à chantonner tout en travaillant ; à d'autres moments, il paraissait intrigué, son front se creusait de rides, ses yeux devenaient vagues. Enfin, il bondit de sa chaise en laissant échapper un cri de triomphe et se promena dans la pièce en se frottant les mains. Puis il écrivit une longue dépêche sur un imprimé du télégraphe.

— Si la réponse est telle que je l'espère, vous aurez une jolie affaire à ajouter à votre collection, Watson, dit-il. J'espère que nous pourrons aller demain à Norfolk et apporter à notre ami des nouvelles précises au sujet de ses ennuis.

J'avoue que la curiosité me dévorait, mais comme je savais que Holmes aimait à ne faire part de ses découvertes qu'au moment opportun et à sa convenance, j'attendis que le moment fût arrivé pour lui de me mettre dans la confidence.

La réponse au télégramme se fit attendre, et deux jours s'écoulèrent pendant lesquels Holmes impatient fut sur le qui-vive à chaque coup de sonnette. Le soir du second jour arriva une lettre de Hilton Cubitt, tout était tranquille là-bas, mais, ce matin-là, il avait trouvé une longue inscription écrite sur le piédestal du cadran solaire. Il en adressait la copie ci-dessous :

....

Holmes se pencha quelques instants sur cette fresque bizarre et tout à coup se leva brusquement en poussant un cri de surprise et d'inquiétude. Ses traits dénotaient une angoisse poignante :

– Nous avons laissé l'affaire aller assez loin ! dit-il. Y a-t-il un train qui puisse nous amener ce soir à North-Walsham ?

Je feuilletai l'indicateur ; le dernier venait de partir.

– Alors, nous déjeunerons de bonne heure et nous prendrons le premier de demain matin. Notre présence là-bas est urgente. Ah ! voici le télégramme attendu !… Un instant, madame Hudson, il y aura peut-être une réponse. Non, tout est comme je pensais !… Ce message rend encore, plus nécessaire notre présence là-bas, car il est indispensable de faire connaître à Hilton Cubitt dans quel guêpier il est tombé.

Ce terme était absolument justifié ainsi que le démontrera le dénouement de cette histoire, dont le début m'avait paru si puéril et dont la fin me remplit encore d'horreur.

Il me serait plus agréable de présenter à mes lecteurs une conclusion moins dramatique, mais, simple chroniqueur de faits réels, je suis dans la nécessité de suivre la chaîne des événements, qui donnèrent à Riding Thorpe Manor quelques jours de célébrité dans toute l'Angleterre.

Descendus en gare de North-Walsham, nous avions à peine indiqué où nous allions que le chef de gare se précipita vers nous.

– Vous êtes sans doute les détectives de Londres ? dit-il.

Un soupçon d'inquiétude passa sur la figure de Holmes.

– Qui vous le fait croire ?

– L'inspecteur Martin, de Norwich, vient de descendre. Au fait, vous êtes peut-être les médecins ? Elle n'est pas morte ou du moins elle ne l'était pas aux dernières nouvelles ; vous arriverez peut-être à temps pour la sauver et la conserver pour l'échafaud.

Le front de Holmes se rembrunit encore.

– Nous allons à Riding Thorpe Manor, dit-il, mais nous ne connaissons rien de ce qui a pu s'y passer !

– C'est une terrible affaire ! dit le chef de gare. M. Hilton Cubitt et sa femme ont reçu chacun un coup de feu. Elle l'a tué et s'est suicidée ensuite, disent ses domestiques. Il est mort, lui, et, quant à elle, son état est désespéré. Mon Dieu ! mon Dieu ! une des plus vieilles et des plus honorables familles du comté de Norfolk !

Sans perdre son temps en paroles inutiles, Holmes sauta dans une voiture et, pendant le trajet de sept milles, il garda un silence obstiné. Je l'ai rarement vu plus préoccupé. Il avait été inquiet pendant tout le voyage, et j'avais remarqué l'attention toute particulière qu'il avait apportée à la lecture des journaux du matin, mais, devant la réalisation soudaine de ses craintes, il resta absolument affaissé. Il s'était enfoncé sur son siège et demeurait abîmé dans ses rêveries. Pourtant, le paysage que nous traversions ne manquait pas d'intérêt, car nous passions dans une contrée d'un caractère tout particulier, où des cottages, éparpillés çà et là, représentaient la population de nos jours, tandis que les tours massives des églises se dressant dans la plaine, au milieu du feuillage, évoquaient la gloire et la prospérité antique de l'est de l'Angleterre. Enfin, la raie violette de la mer du Nord se détacha sur la côte verdoyante du Norfolk, et le cocher désigna de son fouet deux vieilles lucarnes de briques qui s'élevaient au-dessus d'un bouquet d'arbres.

— Voilà le manoir de Riding Thorpe, dit-il. Comme nous approchions du portail, je remarquai, à côté de la pelouse du tennis, la sombre maisonnette servant à abriter les outils et le cadran solaire, qui avaient joué un rôle si étrange. Un petit homme tiré à quatre épingles, aux manières vives et alertes, à la moustache cirée, descendait d'un dog-cart. Il se présenta comme étant l'inspecteur Martin, de la police de Norfolk, et il parut très étonné quand il apprit le nom de mon ami.

— Le crime a été commis cette nuit à trois heures du matin, monsieur Holmes ; comment avez-vous pu l'apprendre à Londres et vous trouver ici en même temps que moi-même ?

— Je le prévoyais… et j'arrivais avec l'espoir de l'empêcher.

— Vous devez alors avoir des indices fort graves, que nous ignorons, car c'était, dit-on, un couple des plus unis.

— Je n'ai qu'une seule présomption, celle de petits bonshommes qui dansent… Je vous expliquerai cela plus tard. Maintenant, puisqu'il est trop tard pour empêcher le drame, je ne demande qu'à utiliser les connaissances que j'ai, afin d'arriver à ce que justice soit faite. Voulez-vous que nous fassions l'enquête ensemble, ou que j'agisse indépendamment de vous ?

— Je serai très fier si vous voulez bien m'associer à vous, monsieur Holmes, dit l'inspecteur avec conviction.

— Dans ce cas, il conviendrait que, sans plus tarder, je recueille les témoignages et examine la maison et toutes ses dépendances.

L'inspecteur Martin eut le bon sens de laisser mon ami agir à sa façon, et se contenta de noter avec soin les résultats de l'enquête. Le médecin de la localité, vieillard à cheveux blancs, venait précisément de quitter la chambre de Mrs Hilton Cubitt et déclara que ses blessures, tout en étant graves, n'entraîneraient pas fatalement la mort. La balle avait traversé le cerveau, et, sans doute, la victime resterait longtemps avant de reprendre connaissance ; il n'osait, d'ailleurs, se prononcer et déclarer si on avait tiré sur elle, ou si elle-même s'était blessée. Le coup avait certainement été tiré de très près. On n'avait trouvé dans la chambre qu'un seul revolver dont deux balles seulement avaient servi. Quant à Hilton Cubitt, il avait eu le cœur traversé par le projectile, il était impossible de dire lequel des deux avait fait feu sur l'autre, car le revolver gisait à égale distance du mari et de la femme.

– A-t-on dérangé le cadavre ? demanda Holmes.

– Nous n'avons touché qu'à la femme ; il était impossible, blessée comme elle l'était, de la laisser étendue sur le plancher.

– Depuis combien de temps êtes-vous ici, docteur ?

– Depuis quatre heures du matin.

– Y a-t-il d'autres personnes ici ?

– Oui, le constable.

– Vous n'avez touché à rien ?

– À rien !

– Vous avez bien fait. Qui vous a envoyé chercher ?

– La femme de chambre, Mme Saunders.

– Est-ce elle qui a donné l'alarme ?

– Elle et Mrs King, la cuisinière.

– Où sont-elles ?

– Dans la cuisine, je pense.

– Nous ferons bien de recueillir de suite leur déclaration.

Le vieux hall, aux lambris de chêne, aux fenêtres démesurées, ne tarda pas à présenter l'aspect d'un cabinet d'instruction. Holmes s'assit dans un antique fauteuil, ses yeux scrutateurs brillaient au milieu de sa figure anxieuse. Je lisais dans son regard l'intention bien arrêtée de consacrer sa vie à l'éclaircissement de ce mystère, jusqu'au moment où il réussirait à venger la mort de notre client dont il n'avait pu sauvegarder l'existence. L'inspecteur Martin, le vieux médecin à cheveux blancs, moi-même et un solide policeman du village composaient ce groupe étrange.

Les deux femmes firent leur récit avec clarté ; elles avaient été réveillées au milieu de leur sommeil, par le bruit d'un coup de feu, suivi, une minute après, d'un deuxième. Elles couchaient dans deux chambres distinctes se communiquant : Mrs King s'était précipitée chez sa compagne ; toutes les deux étaient descendues ensemble. La porte du cabinet de travail était ouverte et une bougie allumée se trouvait sur la table. Leur maître était étendu au milieu de la pièce, la face contre terre : il était mort. Près de la fenêtre, était allongée sa femme la tête appuyée contre le mur ; sa blessure était horrible à voir ; tout un côté de la tête était couvert de sang ! Elle respirait péniblement et était incapable de proférer une parole. Le corridor et la pièce étaient remplis de fumée et de l'odeur de la poudre. La fenêtre était certainement fermée à l'intérieur ; sur ce point, les deux femmes étaient très énergiques. Elles avaient aussitôt fait prévenir le médecin et la police, puis, avec l'aide du groom et du garçon d'écurie, elles avaient transporté leur maîtresse dans sa chambre, où les deux époux avaient, pendant la nuit, partagé le même lit. Mrs Cubitt était vêtue de sa robe ; son mari n'avait que sa robe de chambre par-dessus ses vêtements de nuit. Rien n'avait été dérangé dans le cabinet de travail. Elles n'avaient jamais soupçonné une cause de dissentiment entre le mari et la femme et considéraient le ménage comme très uni.

Tels étaient les faits établis par les témoignages des domestiques. De plus, il résultait de leurs déclarations à l'inspecteur Martin que les portes étaient fermées à l'intérieur et que personne n'avait pu s'enfuir de la maison. Elles avaient enfin affirmé, à Holmes, qu'elles avaient senti l'odeur de la poudre dès le moment où, ayant quitté leurs chambres, elles étaient arrivées sur le palier.

– J'attire votre attention tout spécialement sur ce détail, dit Holmes en s'adressant à son collègue officiel, et maintenant, c'est le moment, à mon avis, de commencer l'examen minutieux de l'appartement.

Le cabinet de travail était une petite pièce garnie, sur trois de ses faces, d'une bibliothèque ; un bureau se trouvait en face d'une fenêtre donnant sur le jardin. Notre attention fut d'abord attirée par le cadavre du malheureux Hilton Cubitt, étendu sur le sol. Ses vêtements en désordre démontraient qu'il avait été réveillé en sursaut. Le meurtrier devait lui faire face au moment où il avait tiré, car le projectile, après avoir traversé le cœur, n'était pas sorti. La mort avait dû être instantanée ; aucune marque de poudre ne se voyait sur ses mains ou sur sa robe de chambre, tandis que, d'après l'examen médical, la femme en avait quelques traces sur la figure, mais aucune cependant sur les mains.

– Cette différence est sans importance, dit Holmes, tandis que le contraire pourrait tout expliquer. À moins d'un défaut dans la fabrication, dans la cartouche, qui ait pour effet de projeter la poudre en arrière, on peut faire feu à différentes reprises sans en porter la marque. Vous pouvez maintenant, je pense, faire enlever le cadavre. Vous n'avez pas encore extrait la balle reçue par la jeune femme, n'est-ce pas, docteur ?

– Non ; avant qu'on puisse le faire, il faudra une sérieuse opération. Voyez, il y a encore quatre cartouches dans le revolver, deux seulement ont été tirées, et comme il y a deux victimes, cela fait bien le compte.

– On le dirait tout au moins, dit Holmes, mais comment expliquerez-vous cette troisième balle qui a manifestement frappé dans cette fenêtre ?

Il s'était tout à coup détourné, et son doigt effilé désignait un trou qui avait traversé la fenêtre à quelques pouces du bas.

– Pardieu ! s'écria l'inspecteur, comment avez-vous vu cela ?

– Uniquement parce que je l'ai cherché !

– C'est merveilleux ! dit le médecin, vous êtes dans le vrai, monsieur. Si un troisième coup a été tiré, c'est qu'une troisième personne devait se trouver là. Mais laquelle ? Et comment a-t-elle pu s'enfuir ?

– Voilà le problème que nous avons à résoudre, dit Sherlock Holmes. Vous vous rappelez, inspecteur Martin, que les domestiques ont affirmé avoir senti l'odeur de la poudre en sortant de leur chambre, et que j'ai fait une remarque sur l'importance réelle de ce détail ?

– Oui, monsieur, mais j'avoue que je ne la voyais pas.

– Eh bien, je voulais dire qu'au moment où les coups de feu ont été tirés, la fenêtre et la porte de l'appartement étaient ouvertes, sans quoi l'odeur de la poudre ne se fût pas répandue aussi rapidement dans la maison ; pour cela, il fallait un courant d'air. Mais la porte et la fenêtre ne sont, à mon avis, restées ouvertes que très peu de temps.

– Comment le prouver ?

– Parce que la bougie n'a pas coulé.

– Étonnant ! s'écria l'inspecteur, étonnant !

– Étant donc certain que la fenêtre était ouverte au moment du drame, je me suis dit qu'un troisième personnage devait être mêlé à l'affaire, qu'il avait dû se tenir à l'extérieur, tirer à travers la fenêtre ouverte. Un coup de feu, dirigé de l'intérieur sur cette personne, avait donc pu faire un trou à la fenêtre. J'ai regardé et j'ai constaté que mes prévisions étaient justes.

– Mais comment, la fenêtre a-t-elle été trouvée fermée à l'intérieur ?

– La première idée de la femme aura été sans nul doute de la fermer ; mais que vois-je ?

Sur le bureau était posé un élégant sac à main en peau de crocodile avec une monture en argent. Holmes l'ouvrit et en sortit le contenu. Il y avait vingt billets de la Banque d'Angleterre de cinquante livres sterling chacun, liassés par une bande de caoutchouc.

– Il faut saisir cet objet comme pièce à conviction, dit Holmes en tendant le sac et les billets à l'inspecteur. Et, maintenant, essayons de faire la lumière sur cette troisième cartouche qui, évidemment, d'après l'aspect du bois de la fenêtre, a été tirée de l'intérieur. Je voudrais bien entendre à nouveau Mme King, la cuisinière !

– Vous avez déclaré, dit-il en s'adressant à celle-ci, que vous avez été réveillée par le bruit d'une violente détonation. Vouliez-vous dire par là que la première entendue par vous était plus forte que la seconde ?

— Il m'est difficile de préciser, car j'ai été réveillée en sursaut, mais cette détonation m'a paru très forte.

— Ne pensez-vous pas que c'était comme deux coups de feu tirés simultanément ?

— Je ne pourrais l'affirmer.

— Cela devait être pourtant… L'examen de cette pièce nous a donné tout ce que nous avions à recueillir ; si vous voulez bien, inspecteur Martin, nous allons nous rendre dans le jardin pour voir si nous pouvons y découvrir quelque indice nouveau.

Une plate-bande s'étendait sous la fenêtre du cabinet. Nous jetâmes tous une exclamation en approchant. Les fleurs avaient été piétinées, et le terreau était couvert de larges empreintes d'un pied d'homme, à l'extrémité particulièrement longue et effilée. Holmes fouilla le gazon et le feuillage comme un chien qui guette un oiseau blessé. Tout à coup, il poussa un cri de satisfaction et ramassa un petit cylindre de cuivre.

— Je le pensais bien ! dit-il. Le revolver avait un éjecteur et voici une troisième cartouche. Je crois cette fois, inspecteur Martin, que nos recherches sont complètes.

La figure de celui-ci dénotait une immense stupéfaction des découvertes successives faites de main de maître par Holmes. Au commencement, il avait montré quelques velléités de mettre en avant sa position officielle, mais il était désormais rempli d'admiration et prêt à suivre, à la lettre, toutes les instructions que Holmes voudrait bien lui donner.

— Qui soupçonnez-vous ? demanda-t-il.

– J'y viendrai tout à l'heure. Il y a quelques côtés de cette énigme que je ne vous ai pas encore expliqués. Nous sommes si avancés qu'il vaut mieux me laisser suivre mes propres plans, une fois pour toutes, afin d'éclaircir l'affaire.

– Comme vous voudrez, monsieur Holmes, pourvu que nous nous emparions de l'assassin.

– Je ne veux pas avoir l'air de faire des mystères, mais, en pleine action, ce n'est pas le moment de vous donner des explications longues et compliquées. Je tiens dans ma main tous les fils de cette affaire, et même, si cette pauvre femme ne recouvrait jamais sa connaissance, nous pourrions reconstituer les événements de la nuit passée, afin que justice soit faite. Tout d'abord, je désire savoir s'il y a dans les environs une auberge du nom d'Elrige ?

Les domestiques furent questionnés sur ce point ; aucun d'entre eux n'en avait entendu parler. Seul, le garçon d'écurie se rappela qu'un fermier de ce nom habitait à quelques milles dans la direction d'East Ruston.

– Est-ce une ferme isolée ?

– Oui, très isolée, monsieur.

– Peut-être n'y a-t-on pas encore entendu parler des événements de cette nuit ?

– C'est possible, monsieur !

Holmes réfléchit un instant, puis un sourire étrange glissa sur ses lèvres.

– Sellez un cheval, mon garçon, dit-il, vous allez porter un mot à cette ferme.

Il tira de sa poche les papiers sur lesquels étaient dessinés les bonshommes dansant, et il les plaça en face de lui sur le bureau où il se mit à écrire. Enfin, il donna au garçon d'écurie une note, en lui recommandant de la remettre en mains propres et surtout de ne répondre à aucune des questions qui pourraient lui être posées. Je vis l'enveloppe de la lettre écrite en caractères très irréguliers ne ressemblant en rien à l'écriture si précise de Holmes. Elle était adressée à M. Abe Slaney, ferme Elrige, East Ruston, Norfolk.

– Je pense, observa Holmes à M. Martin que vous ferez bien de demander une escorte par télégramme, car, si mes prévisions sont exactes, vous aurez un individu fort dangereux à conduire à la prison du comté. Le garçon qui va porter cette note pourra sans doute se charger de votre dépêche ; quant à nous, Watson, s'il y a un train pour Londres, je crois que nous pourrons le prendre ; j'ai une analyse chimique très intéressante à terminer, et cette enquête ne tardera pas à être close.

Quand le jeune homme fut parti avec la note, Sherlock Holmes donna ses instructions aux domestiques. Si quelqu'un venait à demander M. Hilton Cubitt, il était indispensable de ne pas lui faire connaître son état et de le conduire directement au salon. Il insista tout particulièrement sur ce point. Enfin, il monta lui même au salon en déclarant que sa tâche était terminée, et que nous n'avions plus qu'à nous distraire en attendant le dénouement. Le docteur était parti voir ses malades, et je restai seul avec Holmes et l'inspecteur.

– Je vais pouvoir, j'espère, vous faire passer une heure d'une manière aussi intéressante qu'instructive, dit Holmes, s'asseyant près de la table et plaçant devant lui les dessins des bonshommes. Quant à vous, ami Watson, je dois vous faire toutes mes excuses de n'avoir pas plus tôt satisfait votre légitime curiosité. Pour vous, inspecteur, mon récit vous sera d'une grande utilité au point de vue professionnel. Je dois d'abord vous faire part des circonstances toutes particulières dans lesquelles M. Hilton

Cubitt est venu me rendre visite à Baker Street.

Il raconta brièvement les faits.

– J'ai ici, devant moi, continua-t-il, ces élucubrations extraordinaires qui pourraient faire sourire, si elles n'avaient pas été le prélude de cet horrible drame. Je suis très au courant de toutes les sortes d'écritures secrètes ; je suis même l'auteur d'un petit ouvrage sur ce sujet, dans lequel j'ai analysé cent cinquante systèmes d'écritures différentes, j'avoue cependant que celui-ci était entièrement nouveau pour moi. L'objectif de ceux qui ont inventé ce système était sans doute d'empêcher de croire qu'il s'appliquait à un message, et de faire plutôt supposer que ces signes étaient seulement des dessins faits par des enfants. Supposant toutefois qu'ils se rapportaient aux lettres d'un alphabet, j'appliquai les règles qui permettent de déchiffrer les écritures secrètes et la solution ne fut pas difficile. Le premier message qui me fut soumis était tellement court qu'il me fut impossible de trouver autre chose que la signification du signe :

....

Comme vous le savez, la lettre E est la plus fréquemment employée de l'alphabet anglais, et sa prédominance est tellement marquée qu'on la trouve dans les phrases les plus courtes ; or, sur les quinze signes qui composaient le premier message, cinq étaient semblables ; il était donc raisonnable de conclure qu'ils correspondaient à la lettre E. Il est vrai que tantôt le signe portait un drapeau, tantôt, il n'en portait pas ; mais, à la manière dont les drapeaux étaient disposés, je me doutai qu'ils n'étaient employés uniquement que pour diviser les mots dans les phrases. J'émis donc cette hypothèse que la lettre E était représentée par le signe :

....

C'était là la grosse difficulté. Après E, l'ordre d'emploi des lettres est peu marqué en anglais et la prédominance de certaines lettres, qui apparaît dans une page entière, peut être absolument modifiée dans une courte phrase. D'ordinaire, l'ordre d'emploi des lettres est par ordre numérique, le suivant : T.A.O.I.N.S.H.R.D et L, mais T.A.O et I peuvent être mises sur le même pied. C'eût été un travail trop long d'essayer chaque combinaison jusqu'à la solution. J'attendis donc une autre épreuve. À sa seconde visite, M. Hilton Cubitt me remit deux petites phrases, puis un message qui, ne contenant pas de drapeau, me sembla être un mot unique. Voici d'ailleurs ces signes. Dans ce mot, je trouvai deux E, qui forment la seconde et la quatrième lettre d'un mot de cinq lettres qui pouvait donc être sever ou lever, ou never. Il n'était pas douteux que le dernier de ces mots, constituant une réponse à une phrase, était le vrai, et les circonstances me firent penser que c'était une réponse faite par la jeune femme. Partant de ce principe, j'avais la certitude que les signes :

....

correspondaient aux lettres : N, V et R.

La difficulté n'était pas encore vaincue. Une idée heureuse me permit de découvrir d'autres lettres. Je pensai que ces demandes devaient venir de quelqu'un ayant eu autrefois des rapports d'intimité avec la jeune femme et que, par conséquent, si je découvrais un mot ayant deux E séparés par un groupe de trois lettres, ce mot pourrait correspondre au mot « Elsie », prénom de la jeune femme. Je trouvai que cette combinaison terminait la phrase dans trois espèces différentes. C'était certainement un appel adressé à Elsie. J'obtins ainsi les lettres : L, S et I. De quel appel pouvait-il être question ? Il y avait quatre lettres dans le mot qui précédait Elsie, et ce mot se terminait par un E. Ce mot devait être come. J'essayai cependant toutes les autres lettres se terminant par un E, mais aucune ne formait un mot aussi approprié à la circonstance. Je connaissais donc les lettres C, O et M et je pouvais maintenant attaquer le premier message, diviser en mots et mettre des points à la place de chacun des signes restés inconnus.

La phrase présentait alors l'aspect suivant :

.M .ERE ..E SL.NE

La première des lettres ne pouvait être que A ; c'était la découverte la plus importante ; car, dans ce message si bref, le signe paraissait trois fois et la lettre H était tout indiquée dans le second mot. La phrase devenait donc :

AM HERE A.E SLANE

ou en remplaçant les points :

AM HERE ABE SLANEY.

J'avais obtenu un tel nombre de lettres que je pouvais espérer découvrir le second message, qui, avec mes découvertes précédentes, donnait le résultat suivant :

A. ELRI.ES.

La phrase ne pouvait présenter de sens qu'avec un T et un G qui manquaient, et je pensai que c'était là le nom soit de l'auberge, soit de la maison où était descendu le correspondant inconnu.

L'inspecteur Martin et moi avions écouté avec le plus vif intérêt le récit des résultats surprenants obtenus par mon ami, malgré de telles difficultés.

– Et alors, que fîtes-vous ? demanda l'inspecteur.

– J'avais toute raison de croire que Abe Slaney était un Américain, puisque Abe est une contraction américaine du mot « Abel », et qu'une lettre portant le timbre de ce pays avait été le point de départ de toute l'affaire. Les allusions de la jeune femme à son passé, son manque de confiance envers son mari, tout semblait confirmer cette hypothèse. Je télégraphiai donc à mon ami Wilson Hargreave, de la police à New-York, qui s'est parfois servi de mes connaissances en matière de crimes. Je lui demandai si le nom de Abe Slaney lui était connu. Voici sa dépêche : « Le gredin le plus dangereux de Chicago. » Le soir même, où je recevais cette réponse, Hilton Cubitt m'adressa le dernier message de Slaney, qui donna ce résultat :

ELSIE. RE.ARE TO MEET THY GO.

L'addition d'un P et d'un D compléta le message, qui me montra que le gredin avait passé de la persuasion aux menaces et, connaissant les bandits de Chicago, je compris qu'il ne tarderait pas à les mettre à exécution. Je partis tout de suite pour Norfolk avec mon collègue et ami le Dr Watson ; mais, malheureusement, le crime avait été commis.

– C'est une bonne fortune d'être associé à vous dans une affaire, dit l'inspecteur avec chaleur, mais permettez-moi une réflexion : vous n'avez d'autres chefs que vous-même, tandis que moi, j'ai des comptes à rendre à des supérieurs. Si Abe Slaney, qui habitait Elrige, est réellement l'assassin, et qu'il prenne la fuite pendant que je suis ici bien tranquillement, j'aurai certainement de grands ennuis.

– N'ayez pas de crainte, il n'essaiera pas de s'enfuir !

– Comment le savez-vous ?

– Sa fuite démontrerait sa culpabilité.

– Alors nous n'avons qu'à aller procéder à son arrestation.

– J'attends son arrivée ici d'un instant à l'autre.

– Dans quel but viendrait-il ?

– Parce que je lui ai écrit pour le faire venir.

– C'est incroyable, monsieur Holmes ! Comment une lettre de vous pourrait-elle le faire venir ? Il me semble qu'elle ne pourrait avoir d'autre effet que d'éveiller ses soupçons et de hâter sa fuite.

– Je pense avoir trouvé le joint dans ma lettre, dit Sherlock Holmes… et, au fait, je crois bien que voilà précisément notre homme qui monte l'avenue.

Un homme, en effet, se dirigeait vivement vers la porte. Il était grand et beau ; son teint était bronzé, il était vêtu d'un complet en flanelle grise et coiffé d'un chapeau de panama, portait une barbe noire embroussaillée sous un grand nez aquilin et, tout en marchant, il faisait des moulinets avec sa canne. À le voir s'avancer ainsi, on aurait pu croire que toute la propriété lui appartenait. Il sonna énergiquement à la porte d'entrée.

– Je crois, messieurs, dit Holmes avec le plus grand calme, que nous ferons bien de nous placer derrière la porte. Il faut prendre toutes les précautions avec un gaillard de cette espèce. Pour vous, inspecteur, apprêtez vos menottes, et laissez-moi lui parler.

Nous attendîmes en silence pendant une minute – une de celles qui font époque dans une existence. – Enfin, la porte s'ouvrit et l'homme entra. En un instant, Holmes lui appuya sur la tempe un revolver et Martin emprisonna ses poignets dans les menottes. Ce fut fait avec tant de rapidité et d'adresse que l'individu fut mis hors d'état de nuire avant même qu'il se fût rendu compte de ce qui se passait. Ses yeux noirs lançaient, sur chacun de nous, des regards furieux, puis il se mit à rire bruyamment.

– Eh bien, messieurs, vous l'emportez ! Je me suis attaqué à plus fort que moi. Je venais ici pour répondre à une lettre de Mrs Hilton Cubitt. Ce n'est pas elle, n'est-ce pas, qui m'a tendu ce piège ?

– Mrs Hilton Cubitt est gravement blessée et elle est aux portes de la mort.

L'homme laissa échapper un cri de douleur qui retentit dans toute la maison.

– Vous êtes fou ! s'écria-t-il avec colère, c'est lui qui a été touché et pas elle ! Qui aurait pu faire du mal à notre petite Elsie ? J'ai pu, Dieu me pardonne ! la menacer, mais je n'aurais jamais touché à un cheveu de sa jolie tête. Ce n'est pas vrai, n'est-ce pas ? Dites-moi qu'elle n'a pas été blessée !

– On l'a trouvée dangereusement blessée près du cadavre de son mari !

Il se laissa tomber sur une chaise en poussant un profond gémissement, mit sa tête entre ses mains, et garda le silence pendant cinq minutes. Enfin, il releva la tête et parla avec le calme du désespoir :

– Je ne vous cacherai rien, messieurs, dit-il. Si j'ai tiré sur son mari, il avait tiré le premier sur moi, ce n'est donc pas un assassinat. Si vous croyez que j'avais l'intention de faire du mal à sa jeune femme, c'est que vous ne me connaissez pas plus qu'elle. Jamais homme sur terre n'a aimé cette femme comme je l'ai aimée. J'en avais d'ailleurs le droit, car elle était ma fiancée depuis longtemps. Quel était cet Anglais qui est venu se jeter entre nous ? J'avais le premier des droits sur elle et je ne faisais que réclamer mon bien !

– Elle avait échappé à votre influence quand elle avait appris l'homme que vous étiez, dit Holmes sévèrement. Elle avait quitté l'Amérique pour vous fuir, et elle avait épousé un Anglais honorable. Vous l'avez pourchassée, vous lui avez rendu la vie insupportable, dans le but de l'obliger à abandonner le mari qu'elle aimait et respectait pour s'enfuir avec vous qu'elle méprisait et qu'elle haïssait. Enfin, vous avez fini par tuer cet homme de bien et par pousser sa femme au suicide. Voilà ce que vous avez fait, Abe Slaney, et vous aurez à en répondre devant la justice.

– Si Elsie vient à mourir, peu m'importe ce qu'il adviendra de moi ! dit l'Américain.

Il ouvrit une de ses mains et parcourut des yeux le billet qu'il y tenait chiffonné.

– Voyons, monsieur, dit-il avec une nuance de soupçon dans les yeux, n'êtes-vous pas en train de m'effrayer. Si cette femme est aussi grièvement blessée que vous le dites, qui donc m'a écrit ce billet ?

Et il le lança sur la table.

– Moi, dans le but de vous faire venir ici !

– Vous l'avez écrit ? Mais personne sur terre, à part la bande du Joint, ne connaît le secret des hommes qui dansent. Comment avez-vous pu l'écrire ?

– Ce qu'un homme peut inventer, un autre homme peut le découvrir, dit Holmes. Une voiture va venir vous prendre pour vous conduire à Norwich. En attendant qu'elle arrive, vous avez assez de temps pour réparer dans une faible mesure le mal que vous avez causé. Savez-vous qu'on a fortement soupçonné Mrs Hilton Cubitt de l'assassinat de son mari, et que c'est seulement ma présence ici et la connaissance que j'avais de faits antérieurs, qui a pu la sauver ? Le moins que vous lui devez, c'est d'établir, à la face de tous, qu'elle n'est en rien responsable, directement ou indirectement, de cette fin tragique.

– Je ne demande pas mieux ! dit l'Américain, et, dans mon propre intérêt, ce que j'ai de mieux à faire c'est de dire l'absolue vérité.

– Je dois vous prévenir que cela pourra se tourner contre vous, s'écria l'inspecteur avec cette loyauté superbe exigée par la loi anglaise.

Slaney haussa les épaules.

– Je risquerai cette chance, dit-il. Tout d'abord je dois vous dire que j'ai connu cette jeune femme quand elle était encore enfant.

Nous formions, à Chicago, une bande de sept malfaiteurs, et le père d'Elsie était notre chef. C'était un habile homme, le vieux Patrick ! Ce fut lui qui inventa cette écriture qui pouvait passer pour un gribouillage d'enfant si l'on n'en avait pas la clef. Elsie fut initiée à notre vie, mais ne put la supporter ; comme elle avait quelque argent gagné honnêtement, elle prit la fuite et vint à Londres. Elle m'avait accepté comme fiancé, et elle m'aurait sans doute épousé si j'avais consenti à changer de profession, car elle ne voulait avoir aucun rapport avec notre bande. Ce fut seulement après son mariage que je découvris le lieu de sa retraite, je lui écrivis et ne reçus aucune réponse. Alors je partis et, comme elle n'avait pas fait attention à mes lettres, je plaçai des messages, là où elle ne pouvait manquer de les voir.

Voilà un mois que je suis ici. J'ai vécu là-bas dans cette ferme où j'avais une chambre au rez-de-chaussée et pouvais ainsi m'absenter la nuit sans que personne le sût. J'ai fait l'impossible pour enlever Elsie. Je savais qu'elle lisait mes messages, car une fois, elle écrivit une réponse au-dessous de l'un d'eux. La colère m'emporta et je commençai à la menacer. Elle m'écrivit alors une lettre me suppliant de partir et me disant que le scandale dont je les menaçais lui briserait le cœur. Elle ajouta qu'elle descendrait à trois heures du matin pendant le sommeil de son mari, pour me parler par la fenêtre, si je consentais ensuite à partir et à la laisser en paix.

Elle vint donc et apporta avec elle de l'argent, qu'elle voulut m'offrir. Je devins fou ; je lui saisis le bras et j'essayai de l'attirer à travers la fenêtre. À ce moment, son mari entra un revolver à la main. Elsie était tombée affolée sur le parquet et nous nous trouvâmes face à face, lui et moi. J'étais pris ; pour l'effrayer, je levai mon revolver, il tira et me manqua, aussitôt je tirai et il tomba. Je m'enfuis à travers le jardin, et, comme je partais, j'entendis la fenêtre qui se ferma derrière moi. Voilà la pure vérité, messieurs, toute la vérité ; je n'entendis plus parler de rien, jusqu'au moment où votre billet me fut apporté et où je vins ici, comme un imbécile, me remettre entre vos mains !

Un cab était arrivé pendant le récit de l'Américain. Deux policemen en uniforme se trouvaient à l'intérieur. L'inspecteur Martin se leva et posa la main sur l'épaule de son prisonnier.

— Il est temps de partir.

— Puis-je la voir auparavant ?

— Non ; elle est sans connaissance. Monsieur Sherlock Holmes, j'espère que, si jamais je suis saisi d'une autre affaire aussi grave, j'aurai la bonne fortune de vous avoir comme guide.

Nous restâmes à la fenêtre, Holmes et moi, regardant le cab s'éloigner. Comme il venait de disparaître, mon regard fut attiré par un bout de papier que le prisonnier avait jeté sur la table. C'était la note, grâce à laquelle Holmes l'avait fait venir.

— Voyez si vous pouvez la déchiffrer, Watson, dit-il avec un sourire.

Elle ne contenait pas un seul mot, mais cette petite ligne de danseurs :

....

– Si vous vous serviez du code dont je vous ai donné l'explication, dit Holmes, vous verriez que cela signifie tout simplement : « Venez ici de suite. » J'étais convaincu qu'il ne refuserait pas de répondre à une semblable invitation, car il ne pouvait penser qu'elle pût provenir d'une autre personne que de la jeune femme. Et c'est ainsi, mon cher Watson, que, pour une fois, nous avons fait servir à une bonne action ces danseurs qui, si souvent, ont été les agents du crime ; j'espère aussi que j'ai tenu ma promesse en vous donnant un récit sensationnel pour votre livre de notes. Notre train est à 3 heures 40, nous serons rendus à Baker Street pour dîner.

Un mot pour terminer. L'Américain Abe Slaney fut condamné à mort à la session des assises de l'hiver, à Norwich ; mais sa peine fut commuée en celle des travaux forcés à perpétuité, en raison des circonstances atténuantes, et de la certitude que Hilton Cubitt avait tiré le premier. En ce qui concerne Mrs Cubitt, tout ce que je sais, c'est qu'elle a recouvré la santé, qu'elle est restée veuve et a consacré sa vie aux œuvres de charité et à l'administration de la fortune de son mari.